MOSAÏQ

*Ce projet a bénéficié du soutien du Fonds pour le développement de l'économie du livre en Haute-Normandie*


www.editions-caracteres.fr
contact@editions-caracteres.fr
ISBN : 978-2-85446-523-5
EAN : 9782854465235
ISSN : 1964-759X

illustration de couverture : Christian Zimmermann

Christian Zimmermann

# MOSAÏQ

préface de Pierre-Étienne Schmit
calligraphies : Christian Zimmermann

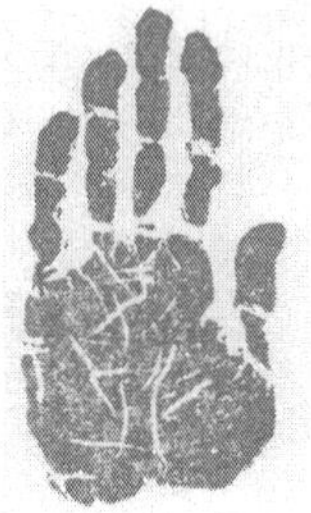

Éditions Caractères
7, rue de l'Arbalète - 75005 Paris
www.editions-caracteres.fr

Dans les *Scènes du oui non*, les mots comme oui, non, le point final, le ? deviennent des personnages, un paysage…

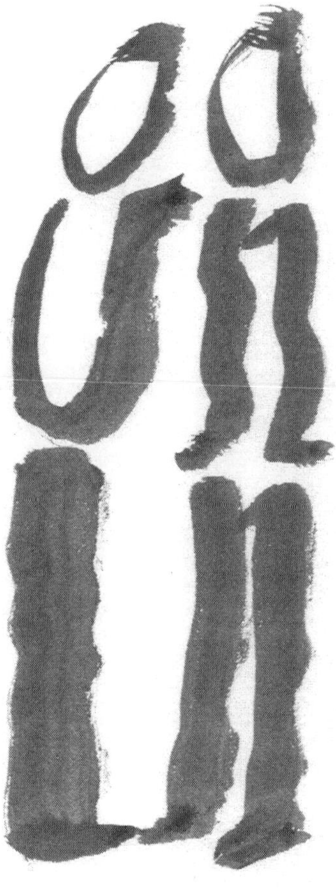

*Scène du oui non*

# MOZAÏQ : FRAGMENTS DU CHANT DES SIGNES

« Parole de sage » ? Oui et/ou non (p. 20). La sagesse ne serait-elle pas précisément le courage d'une hésitation prolongée, ouverte et tendue entre la forme et le sens ? Non pas prétendre, ni rien attendre, mais tendre l'arc du oui dans la résistance du non, ainsi entrer dans l'entente adversative du sens. L'œuvre en mosaïq de Christian Zimmermann ne relève pas d'un rassemblement d'une signification finale ou ultime ; bien plutôt, s'offre-t-elle comme un toujours premier assemblement possible, accordant son souffle au peuple des paroles.

La parole ne cherche donc nullement à totaliser et ainsi présentifier une parole unique, perdue et regrettée. Les formes ne viennent pas plus crypter le message d'un créateur obscur. Au cœur du suspens, chaque fragment n'a rien à dire, mais accueille le ton, le rythme et la mélodie d'un passage où l'œuvre entière est la voie d'un échappement des signes.

L'art est donc rhapsodique, rapièce non la tapisserie d'un horizon perdu, mais celle d'un paysage du sens qui demeure toujours à-venir. Il offre le miroitement de fragments un à un suspendus, un à un s'écartant, un à un se répondant et se contre-répétant pour tenir ouvert l'espace du chant des signes : « quoiqu'un couac / soit toujours possible / on aime la musique du hasard » (p. 37).

Tout à coup et tout au couac, chaque trait, chaque pas de sens prolonge le pas-de-sens en retenant toute sa clarté, se portant à sa pleine écoute : « la question d'un oiseau / sur le rebord d'une fenêtre / se pose » (p. 66).

L'art prolonge, sans allonger ni raccourcir l'énigme du sens : écrire-comme-tracer bellement, calligraphier, ce n'est pas courir derrière un sens, ni même le sens, mais s'exposer tout au long, tout au bord de son errance ; ainsi, accompagner, par gestes langagiers et figuraux

(tout geste fulgurant pour autant qu'il habite l'éclair du sens ?) ses cours, ses courses et ses recours. Ainsi « puiser et puis / et puis et puis et puis et puis / et puis épuisé » (p. 73). Créer non pour trouver, ni la source, ni le son, ni le sens, mais pour prolonger leur absence commune d'origine. Non s'épuiser à retrouver l'origine-une, mais puiser au cœur de l'enlèvement du sens : creuser au cœur de la matière du manque, les formes et les flux des arborescences du sens.
Entre le flux des formes et la tension des lettres s'accomplit le retour vertical dans le suspens du sens : « j'ai vu l'eau / qui a vu l'eau qui a vu l'eau / qui a vu la source » (p. 26). Dans ce mouvement qui demeure sans cesse, au long cours d'un fleuve aimantique, chaque haïku s'ouvre comme un delta des sens où les lettres ne sont plus des signaux, mais des signes, s'envolant et replongeant comme l'ordination d'une exemption du sens. Ainsi de chaque « scène du oui non » où le trait d'un oui, l'ampleur d'un non, la ronde d'un point ou le creusement d'un point d'interrogation deviennent des marques, des masques, des personnages qui s'échancrent patiemment comme des paysages s'offrant au « baiser de lecteur / [qui] réveille l'écriture / au blanc dormant (p. 25).
Sensiblement, l'écriture de Christian Zimmermann éclaire la scène d'une existence dont « la question nous suit comme notre ombre » (p. 32). Et comme « Pythagore », l'œuvre en son entier « penche du côté / de l'hypothèse nue » (p. 78). Croître dans la nudité des signes, et ainsi délivrer ce chant fragmentaire du monde, tel est peut-être l'enjeu d'une telle Mozaïq.
Dès lors, le haïku n'apparaît pas comme un choix formel et esthétique, mais comme le trait impérieux d'un silence de naissance, un bruissement d'écho qui désenclôt. Le haïku assemble l'ouvert d'un présent qui est tout aussi bien distancié, diffracté, suspendu – comme un souffle. Chaque œuvre est le don d'un écart, le temps d'un souffle, d'un souffle profond, mais pas plus d'un souffle à la fois.
La règle du haïku exige qu'il ne soit pas plus long – mais pas moins – qu'une respiration. L'œuvre de Christian Zimmermann se

passe le temps d'un souffle, léger, profond – subtil et discret séisme intérieur : un haïku et un souffle, un fragment et une fraction de l'être. Toute calligraphie provient peut-être de l'écartement natif du sens ; elle en est tout aussi bien son accueil. Il faut ce geste qui approprie à l'œuvre la réciprocité ailée d'un écart et d'un accueil. Le sens est une voie ; mais le sens advient à chaque fois comme cette très légère – et toutefois si grave – déviation du sens ; c'est bien une telle déviation du sens, un tressaillement fécond, qui émerveille – ainsi éclaire – et cependant expose à l'énigme de sa présence – ainsi retient.
La calligraphie habite le défaut d'origine de l'écriture : l'écriture fut sans doute appelée par la beauté d'une vacance. Le tracer de toutes les écritures entamerait ainsi la tension entre l'être et son retrait... En réalité, la beauté est première : elle est de prime abord, sans bord, écartement même de l'être. Retenir cet écartement, c'est ouvrir l'espace d'une *mosaïq* du sens.

Pierre-Etienne Schmit

début de sagesse :
j'ai de la fuite
dans mes idées arrêtées

écrire pour dire
ce qu'on ne pense pas encore
avant de l'avoir lu

pour éclairer
les coins les plus obscurs
on n'a qu'une langue de poche

des nuages passent
dans l'absence de nos regards
- la salle d'attente

ce petit caillou de réel
dévale si vite
sa pente de rêves

elle est une sorte
de vestiaire de présences
- la salle d'attente

la réalité
ne se laisse pas comme ça
tirer par les « je veux »

j'ai vu l'arbre
qui a vu l'arbre qui a vu l'arbre
qui a vu la forêt

l'acteur
s'habille de paroles et frissonne
dans une autre nudité

trou d'évidence :
Dieu est le souffleur absent
de nos théâtres

*Arbre musicien*

*Scène du oui non*

sur le front la bosse du sage
comme pour dire :
« cogne-toi toi-même »

les actualités :
fenêtre ouverte sur le monde
(mais pas d'air frais)

gravité
universelle du pèze :
le monde tourne avide

les actualités :
je me pince donc je suis
mais pas de réveil

c’est le pot de fer
contre le pot de terre contre
le manque de pot

quand le temps
est dégagé on peut voir
le sommet de la gloire

baiser
de lecteur
réveille
l'écriture
au blanc
son
mouvant

baiser de lecteur
réveille l'écriture
au blanc dormant

d'amour et d'eau fraîche :
mais on dirait la formule
de l'eau tiède !

et si
j'allais me réclamer
au bureau des illusions perdues

j'ai vu l'eau
qui a vu l'eau qui a vu l'eau
qui a vu la source

ivresse des rêves :
j'ai roulé au fond de moi
cuver le vécu

Mr tout le monde
avec des oh des ah
rêve à Miss Univers

*Scène du oui non : le cul entre deux non*

bienheureux les béni non-non
car la vérité au fond
dupe oui

transparence du bonheur
toc ! le bruit d'une mouche
contre la vitre

à chaque deuil
le sablier retourné :
l'absence coule de source

splatch! une grenouille ?
non : un pavé dans la vieille mare
du ras-le-bol

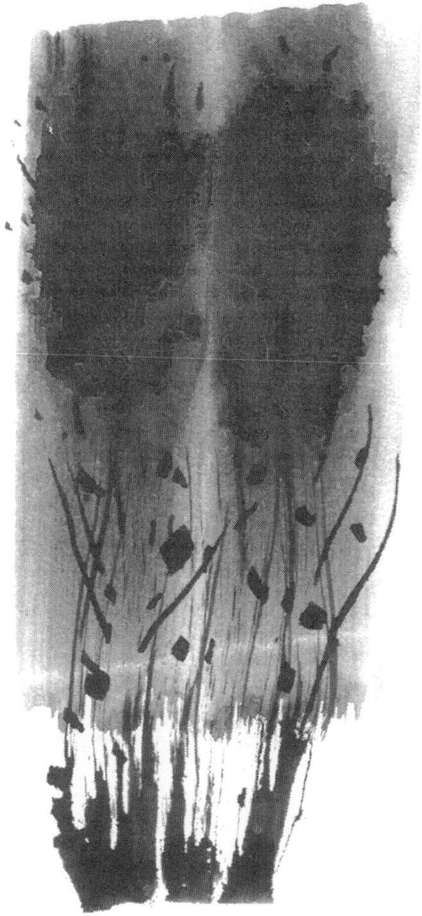

*Arbre musicien*

*Scène du oui non : la question nous suit comme notre ombre*

quand la roue
de fortune ralentit
on a peur de son nombre

Mr tout le monde
est à l'opéra : il chante
dans sa salle de bain

ce que l'art ose
est aux épines
ce que le beurre est aux épinards

l'idéal : délai
pour le réaliser
sans jamais l'atteindre

pour une fois
on veut bien être le premier venu
- la salle d'attente

c'est un monde
dit un Monsieur comme il faut
à Mr Tout le monde

*Forêt musicienne*

quoiqu'un couac
soit toujours possible
on aime la musique du hasard

en moins de temps
qu'il ne faut pour le dire
on se paye un trop tard

comme anesthésié
par tout ce sensationnel
- les actualités

on tombe
dans le panoptique on obéit
aux douanes et à l'œil

l'homme
qui a vu l'ado qui a vu l'enfant
qui a vu l'ours en p'luche

enfant j'avais hâte
de pouvoir voler
de mes propres illusions

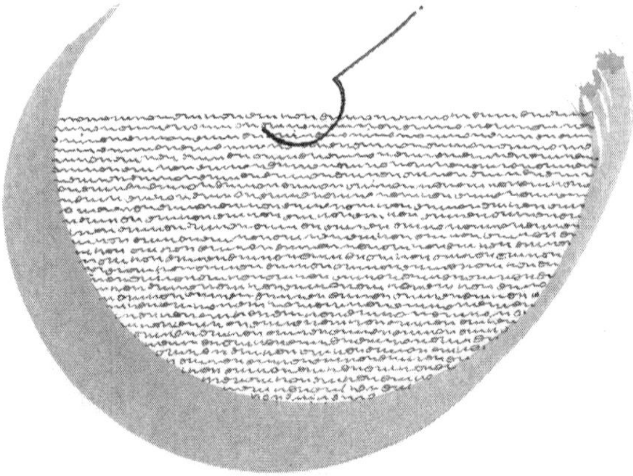

avec l'univers
faut pas y aller
avec le dos de la question

*Scène du oui non : le U de Univers, la mer du oui non…*

cinq sens :
cinq  points sur les i
de l'illisibilité du monde

Quand
nos
maisons
s'envolent
il faut
s'atteler
à un [illegible] de
vivre

quand nos illusions s'envolent
il faut s'attendre
à un rude hiver

me retrouvant seul
je me cogne dans le silence
que j'avais meublé

la fête bat son plein
autant que la déprime
caresse son vide

une fois assis
on s'enlise dans son silence
- la salle d'attente

dans un feu d'artifice
les fusées de détresse
passent inaperçues

monsieur Tout-le-monde
ne demande qu'à être heureux
comme personne

*Scène du oui non*

une bonne fois pour toutes
« je pense donc je suis »
c'est plus la peine d'y penser

il était une fois
en deux temps trois mouvements
nos quatre vérités

après on se dit
que le fond de l'être effraie
- les actualités

au moment
où il faut partager
c'est la crise sur le gâteau

pourquoi
se donner une contenance
si on se perce d'illusions

le monde
dans sa camisole de force
- le J.T. du bocal

« La musique, souvent, me prend comme une mer », Charles Baudelaire,
*Moment 8*

en caressant cette pensée :
la découverte
d'un grain de folie

ce matin
je me sens léger :
il y a de l'illusion dans l'air

gravitation universelle
- un jour ou l'autre
on tombe sur soi

pluie à l'aller
soleil au retour :
j'ai oublié mon parapluie

*Arbre musicien*

*Forêt musicienne*

puisque poussière
j'aimerais être en suspens
dans la lumière

quand au mystère
de l'effacement : cimetière
et bouts de gomme

s'que l'éthique est squelettique :
camps de concentration
d'automates

accouchons
d'un monde dénazimuté
de ses aryennes pensées

j'ai vu l'œil
qui a vu l'œil qui a vu l'œil
qui a vu le compas

dures à digérer
car elles ne mâchent par leurs maux :
les actualités

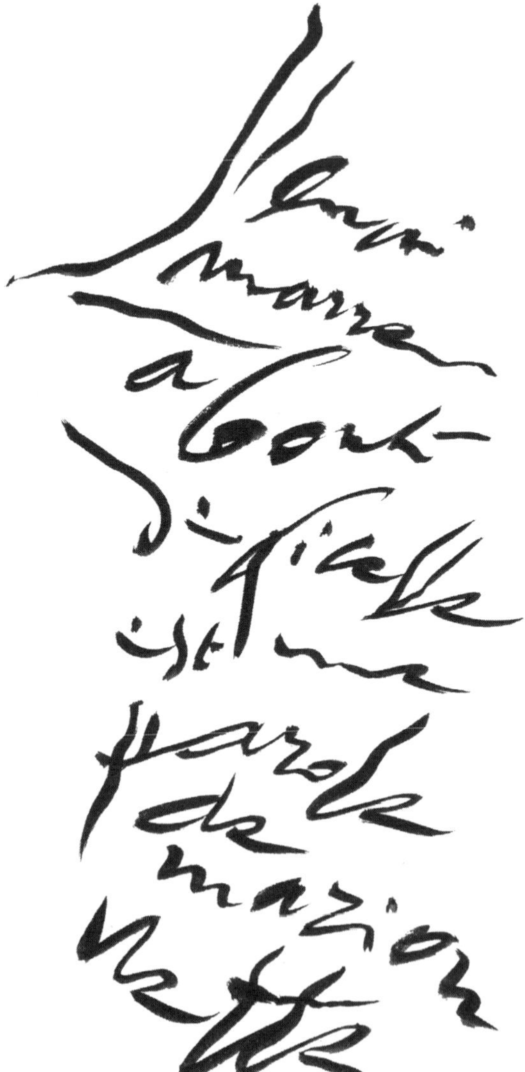

j'en ai marre
à bout de ficelle
est une parole de marionnette

à chaque deuil
le sablier retourné :
l'absence coule de source

les lumières des regards
se mettent en veilleuse
- la salle d'attente

une partie de moi rentre
l'autre m'attend dehors
- la salle d'attente

dans nos manteaux
comme entre parenthèses
- la salle d'attente

et Dieu dit :
« Je Suis le Silence qui Suit »
(là où les anges passent)

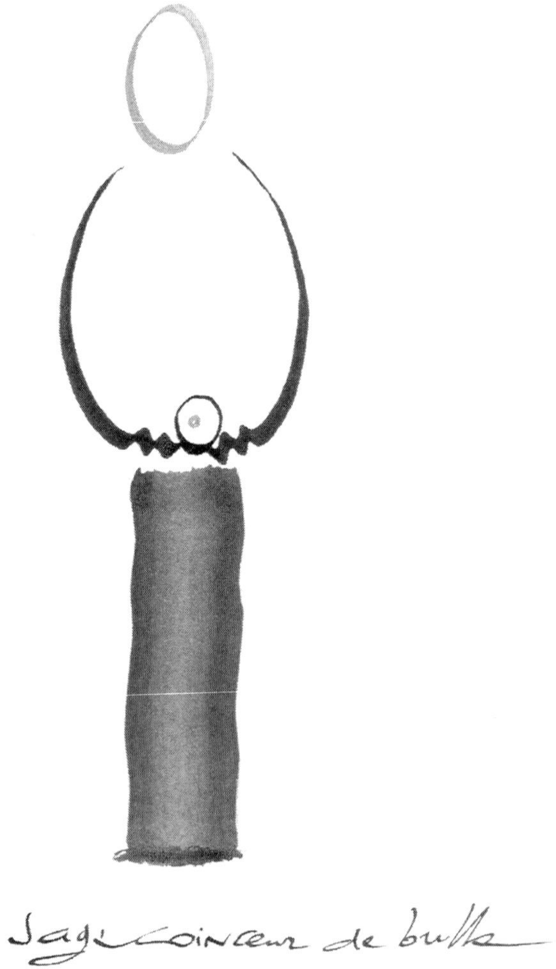


*Scène du oui non*

on va finir par croire
qu'on a d'abord commencé
par y croire

la question d'un oiseau
sur le rebord d'une fenêtre
se pose

moi l'arbre à bras
qu'a des bras mais abracadabra
qu'a pas quatre bras

mieux vaut
ne pas briser le silence
dans lequel on se reflète

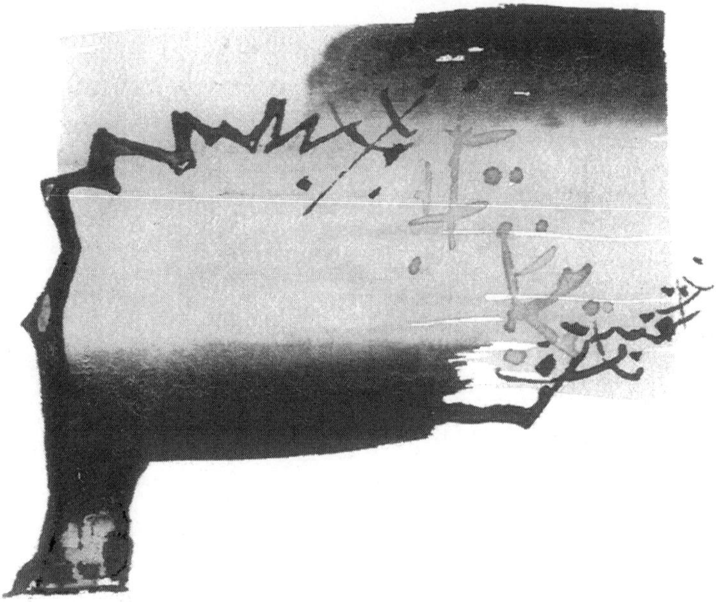

*Arbre musicien*

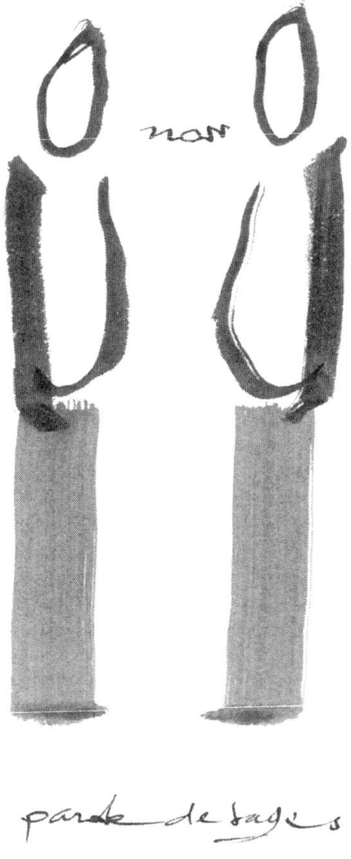


*Scène du oui non*

pourquoi pas
trancher le nœud gordien
avec l'épée de Damoclès

midi :
l’heure des pleines illusions :
il n’y a pas l’ombre d’un doute

pour certains
dans le silence qui suit
c’est un enjeu qui passe

tant de coups d’épée
dans l’eau qu’elle est devenue
ferrugineuse

les tondus des dégâts :
eh les moutons
pourquoi tant de laine !

le monde en est toujours
au même point :
à opiner du gros bonnet

« La musique, souvent, me prend comme une mer », Charles Baudelaire,
*Moment 3*

puiser et puis
et puis et puis et puis et puis
et puis épuisé

plus on force
& plus il se coince
le tiroir des non-dits

la véritable cause à tout cela
c'est cette fameuse
cause toujours

vérité :
son puits a le fond salé
(chacun met son grain de sel) *

* Hommage à Alphonse Allais

maison de la gloire :
ici on taille les posthumes
sur mesure

au cimetière :
chacun sa vérité vraie
et la fausse commune

« La musique, souvent, me prend comme une mer », Charles Baudelaire,
*Moment 4*

des bruyantes lumières
je vais me reposer
à l'ombre d'un doute

les vérités qu'on ne partage pas
devienennt dures
comme de la pierre

je suis comme Pythagore :
je penche du côté
de l'hypothèse nue

pour jouer au jeu
de la vie il y a un dé
et un but à tout

« La musique, souvent, me prend comme une mer » Charles Baudelaire

*Moment 15*

que voit-on
à travers les jours du tissu
sans issue de la vie ?

Après des études de philosophie, Christian Zimmermann se passionne pour la calligraphie.
Autodidacte, il devient plasticien et écrivain, interrogeant la musicalité et la théâtralité de l'écriture à travers des encres sur papier, des videos, des sculptures et des performances. Dans ses textes, il recherche la densité, la qualité de l'instant et un laissser-aller comparable à la pratique de la calligraphie.

**choix d'expositions et évènements récents :**

- «écarts calligraphiques», exposition personnelle au Musée Nicolas Poussin, Les Andelys 2013
- exposition personnelle au musée Woo Jae Gil, Gwangju, Corée du sud 2012
- «COREElation II» exposition collective (gravures) - Gwangju Museum of Art (Gwangju - Corée du Sud) 2012
- «clinamen» exposition personnelle à l'Hôtel de Région de Rouen 2012
- «Lisières» exposition personnelle à la Maison des arts et à la Médiathèque d'Evreux 2011
- performance avec l'Orchestre National de Lyon à l'Auditorium, direction Daniel Reskin, mise en scène Bruno et Pascal Delahaye 29 mai 2011
- Commande de la ville de Val de Reuil : ensemble de sculptures pour le carrefour de la République 2011

**Éditions :**
- "La promenade", livre d'artiste (17 gravures sur acier et textes de C.Z.) 15 exemplaires - Edité par la Maison des Arts, Evreux - 2003
- Illustration d'un livre pour enfants "Les bêtises" édité chez Syros-Alternatives 1991.

Professeur agrégé de Philosophie à Verneuil-sur-Avre (Eure), Pierre-Etienne Schmit est fondateur de la revue *Geste* et responsable de la Série *Philosophie Générale* aux Éditions du Cercle Herméneutique. Animateur d'un Café-philosophique, il enseigne également la philosophie au collège dans le cadre d'une innovation pédagogique. Auteur de nombreux articles, il a notamment participé au catalogue de l'exposition des œuvres de Maurice Maillard au Musée d'Art, d'Histoire et Archéologie d'Evreux.

**Choix de publications récentes :**

- «La pudeur ou l'énergie des commencements : l'œuvre de Maurice Maillard», in Maurice Maillard, catalogue de l'exposition au Musée d'Art, Histoire et Archéologie d'Evreux, Rouen, Ed. Point de vues, 2012, p. 25-31.
- «La souffrance hystérique n'a pas de genre : hystérie solaire et hystérie sombre», in L'hystérie masculine, sous la direction de Pierre-Étienne Schmit et Georges Charbonneau, Argenteuil, Éd. Le Cercle Herméneutique (Février 2011).
- «Habiter aux alentours », in Revue Geste, (Septembre 2008), p. 200-213.
- «Du combat du jour et de la nuit : la technique et l'ébranlement phénoménologique chez Jan Patočka», in Phénoménologie et technique(s), sous la direction de Pierre-Antoine Chardel et Pierre-Étienne Schmit, Argenteuil, Éd. Le Cercle Herméneutique (Septembre 2008).
- «Phénoménologie et technique(s) : adresse et correspondance des temps», Avant-Propos à Phénoménologie et technique(s), sous la direction de Pierre-Antoine Chardel et Pierre-Étienne Schmit, Argenteuil, Éd. Le Cercle Herméneutique (Septembre 2008).
- «Voyage autour du monde et gravité du vent dans l'œuvre de Michel Deguy», in Michel Deguy, L'allégresse pensive, Paris, Belin, Coll. « L'extrême contemporain », p. 9 9-118.

Cet ouvrage de la collection *Littérature et Art* composé en Garamond a été achevé d'imprimer en février 2014 sur les presses de l'imprimerie Trèfle Communication pour le compte des Éditions Caractères

n° d'imprimeur : 8295

*imprimé en France*